万古与浮力

马嘶 著

长江出版传媒
长江文艺出版社

目 录

卷二　不与他人同巾器

卷三　追白云

卷 一

求诸野

何须有形

无根山顶，明月高悬
我枯坐河面，和它们身处同一个容器
这转瞬即逝的永恒
此刻纳我
因我呈现

我还要捞起暮色中的云彩干什么
还要攀上水中的柳枝干什么

求诸野

崖下枯坐，山川未能重新赋我衣钵
心有不甘，数日，数月，又数年
须眉垂坠光隙，石头开出花朵
我伸出的枝条穿过了白云
承认一生徒劳并不是一件不体面的事
明月照我一半身躯，另一半被山泉冲走
借时光之名，等逝者重返古松郁葱
——仿佛是我离去了很久
唯枯朽人间，还奴役着
故我，如新我
草木在体内发出哀鸣之声
但这已经不是我哭过的世界

我是你平静的湖

穿堂风吹过书房和我雕龙的手
又拂向次卧，择拣菜虫的妈妈

这些年，我沉湎于修辞
而你在偌大的成都，坚持重建一个千丘湾

你教我养鹅，栖星空
令我诗稿洁白闪耀
你年年制豆瓣酱，育我一颗农妇之心

允许我竹篮打水、火中取栗
允许我在书房放羊，也养着一头狮子

你有悬壶，仅够济我一人。微风吹开
掌纹里的小舟，我就是你平静的湖

而今你逐步至幼年，我要像
外祖父那样宠你
陪你在客厅里种小白菜，在月下擦洗菩萨

那支配我的

书架上的余烬，在我的凝视中
一次次复燃。古老的意志，现在

还支配着我。在斗室，我有
众多身处黑暗中的朋友，寂静，而熠熠

那不可多说，不可理喻的，借他们之名
在我身上生长，又消失。背对

沉默的窗户，仿佛我真正拥有过
他们自由的灵魂，而骄傲地，活在人世

鸟鸣赋

刚满百天的行之，对这个清晨还不能
说出一句完整的声音
鸟儿在看不见的地方并不
沮丧。树荫下，他在短暂的兴奋后
又酣酣睡去，阳光俯身下来
凝视怀中的他
仿佛凝视着，刚刚脱胎的我
林中处处都有新的美
有新的事物，加入新的一天
而我，还是从众多的鸟鸣中分辨出了
此刻陪他入睡的那一只
给他披秋衫的那一只，也是昨夜
唤醒我的那一只。我模仿
它的鸣叫，替儿子回应了一声

竹　里

去竹里，不可豪饮。笋尖低矮
如塔，令我委身尘土
临《寒食帖》，如在雾中
刻碑。这小半生不过尔尔
野草七尺，高过旁边旧坟里的
浩瀚星空。它们的一生
并不短过我的一世
石碑上的苔藓有着清洁的脸
让活着的人心安
这些竹子、野草和山泉
是他们留给俗世的永生
是他们的晚风，拂动我的白发
哦，这秋日宜哀、宜颂
宜心生闲愁
你看那暮色中低头走过的身影
是我昨夜交谈甚欢的僧侣

在大川镇

往河的下游去，河水流入中年
缓缓。往浅滩里去，卵石赋我以形
我身体反馈它尚存的一座废墟
往光里去，光并不移动
整个清晨都停留在斑斓的高窗
那指引我的，并不命令我
是我独自走下去。清凉乡野
破旧的教堂一直等着我
给我伐荆棘，向我赠春衫
那高高的穹顶，还为此安排了一场
光的诵唱，赞美着
我半生颠沛，和白云的流逝

春山和旧址

用骨头熬制的墨，在低垂的
白云上，临羲之的序
替惜水的人，临一汪鹅池
替托孤的人临一座家祠
我胸如空觞，已萧瑟见底
闹市一隅，寂静是一剂幻药
我从虚空中重返了
父亲新添的春山和旧址

物　语

风之物语，雾霭之物语

从溪水旁走过，山凹中有深寺

之物语。眼前屏障

如古代幽深。仿佛我

活了很久，一会儿是冷杉的脸

一会儿是翠柏的脸

头顶上空，夜航的鸟

刚刚穿过云层，它即将来到我的森林

玻璃幕墙内的股东会已经暂停

该表决的，我不再表决

请允许我用一小会儿时间

返回山川之物语

读 骚

晚餐里的湖面，映我倒影如僧
清扫眼中桂花簌簌
中元刚过，房间里盛满假象
冷冽的身体在
一碗稀粥中拥抱自己
受平阳兄引荐，邀担当
夜里读骚，学他戒饮、佯醉
明代的大雪积满我的身体
它照苍山，照骨髓中的崩析
替一个人减轻尘埃的重量
借虚无中的浊醪，写饥饿之诗

失眠夜听蟋蟀唧唧

蟋蟀的自愈力远胜于
黑夜捕风的手
我们爬了一整晚的山
为了把叫声送到最高的地方
声浪碾过肌肤，紧裹每一处陡峭的废墟
疲惫即将吞噬新的一天
室外灯光切锯着秋雨细长的触角
我鼓腹而归
身体里布满了引线

访同谷子美

公元 2017，陇南成县，南行
七里。浣花溪的你，来拜会同谷的你
处暑的你，拜会暴风雪中的你
置身草堂绝壁，脚下浊水湍湍
今天仍有人不停地将蝮蛇放入水面
同行者在你诗篇里攀岩、伐竹
制造心头的令箭
你还一直躬身孤云，采竹实、掘醴泉
饲养雏凤，剖心取血
洗青山郁郁，洗苍生忧愁
和你坐在飞龙峡口
忆 759 年
雪盛无苗，山川败如白发
那一年，你四十有八
蜀中溪壑回春，我在那里等你

无根山下

檩子，谵妄，两词甚不搭调，连日又
突兀脑中。中秋国庆，恰如其分的假期

足够让你在无根山下思考改建的书院
但你并不打算用来问诊、濯心，或供养魂魄

木匠扛着落日，锯末在斜阳中
星火散落，那悬空的檩子伸长手臂

取走你的脊骨。屋顶令人心空
这危倾的明朝建筑，令你无端盲目得

想要采集无根之水，重建一处人间
一边繁衍，一边怀古

想要在荒野虚构一个读书人
不述不著，得鱼沽酒，无须承担人间疾苦

祭　日

中秋，又两日。父亲来信说
故里坟茔杂草疯长
再读担当，这个十三岁就被名妓马湘兰
簪花的少年，遁入空门，世寿八十一
借居锦城，我十四年来
只干一件事：刻碑
刻碑，至今半个字都未凿完

欲滴之意

炸开的石榴昏昏欲睡

体内浆果多汁。风将秋日一层层剥开

心中深寺危如累卵

光的重量

此刻等同于我承受黑暗的重量

它曾打捞我又覆盖我

那尚未完成的，不想继续完成

和她从半山腰下来

翠嫩的青草饱含欲滴之意

呼我，唤我

眼如圆塘，天光云影徘徊其上
空气也随之荡漾
高处的灰雀，栖于长出新芽的古藤
它的羽毛刚从南宋醒来
——山川为之上升
空中光的斑斓垂向我
且与我保持疏朗的距离
流水漫过，又在体内徘徊
旋涡般欢愉
古老的河床容我无所事事地躺着
白鹳在头顶飞来飞去
仿佛朱熹在一遍一遍
呼我，唤我

十 月

芒果有哺乳期的妇人之味
夜晚在屏息中闪亮，婴儿安睡了
去年此日
少女在奈良，抱着小鹿，梅花开在成都
——仿佛上帝指缝透下的光斑
你学会了清晨熬粥，亲手发绿豆芽
且长势喜人

这秋日重逢又如往昔清脆
你向空气暗自使出了抓力

蕞尔之地

公交车犁出一道惨白

怀中土鸡蛋险些孵出了金凤凰

豆瓣酱育出功与名？

灰蒙蒙的妈妈

给目及之物披上层层冬衣

但并不依附于车窗外的这些事物

她常常遗忘了自己

从千丘湾到锦官城，只有我

才是她的蕞尔之地。她提着一堆土

反反复复，被堵在借光

和还光的路上，恍惚婴儿

苍老的脸，令我惊喜又沮丧

晨　别

你替我拦住青衣江
这又有何用？生涯在雾中疾驰

两侧青山护送我，十里，再十里
昨夜黑茶滔滔，阔如江水

此去，再无你
为泛着油光的路面带来白鹤的心

我囿于门缝中窥探的山川
接受你不拘一格的失败论

愤　怒

我朝水面扔了一颗又一颗石子
它们沉入河底，波纹在水面荡开
又旋即上升，笼罩着整条府河
河对面也有人在扔石子，一次次打碎
我的罩子
扔石子的是一个小孩
他在父母一旁的呵斥中，并没有停下来
反而使出更大的劲
他的波纹推开我的波纹
浑浊的河面，激起了无数浪花

岁末山中

细雨涤洗寒山
青豆佐酒，内心浑圆
你背我而坐，炉火重塑以形
光体潺潺
自然有无须召唤的浮力
都在此刻升腾
我在豆荚腹中获得的旷观
因迷失你
仍将拥有万般深渊

山水的教养

你喉舌抵御过风，却从未反对我
在风中一边种树一边伐木
你唇齿筑坝拦河
却从未反对我逆流而上
甚至破釜沉舟。山里人的命
总会先于草木干枯
这是我过早知道的
你逆来顺受，却给我天生反骨
那缺损和留存的部分
是锈蚀与坚硬，是活过来
与活下去的部分
无论哪一种补牙方案
都无非是，让嚼过砒霜的牙床
继续刮骨疗伤
无非是，在高楼的隙缝中
保持山水的教养

归　来

鸟鸣拄我以拐杖

风赠春衫

露珠灿若恒星，一层层剥开，婴儿初生

山未远游，少年涕零

感激薄雾仍然停留在清晨

五　月

凿空五月，午宴的瓷碗中
盛满麦芒和布谷声——
它们至今还塑造着我

黑暗中的饮者留下来，陪我
吞下乱石，那数不清的枯枝流水般醒来

伸出手，抚摸远处的哭声
此刻也听见
我日渐衰竭的身体同时发出了

轰鸣。世间苦痛循环往复
而感激五月，还可以灼伤我、刺痛我

谒嵩阳书院

古柏苍虬，诸贤身居其中
树冠几乎长进了土里
司马光，程颢，程颐，朱熹，耿介……
个个颔首低眉
——这忘形的匍匐
如青山白云，引我来路
那些盛年之心啊，一直活在微颤的
叶片间、树瘤下
他们轻盈的灵魂
将我从泮池中打捞起来，我获得的
虚幻，却涌向无尽悲戚
晚生羞愧的是，这一副臭皮囊
在午阳的斧劈下
看上去年迈，而蜷曲

抄 诗

诗抄得心烦。行之的啼哭溢出窗外
他还是个婴儿，任何行为都不需要理由
写诗的人离开这个世界很久了
他们的骨骼仍然活在人间，他们留下的
每一个字，还在我的手中继续受难
这四月山中，"鸟鸣制造着
炸药"，让抄诗的人不安
我分辨出的叫声，声声都是沉疴
它们集体主义的合唱
令身陷囹圄的我，又有什么理由反对

在三径书院

凿空，掘井，是我今年来
夜以继日的工作

山野里的光，从不眠去
它动用我的十指
在院子里一毫一厘地向下刨挖

屋后竹枝把天空清扫得格外空荡
诸子百家，栖于片瓦

他们为什么要回到
昼夜不舍的时代，为什么还要踏入
书院茶客的律令中

躬耕于深井，他们从不指引我
而我却陷入凿空之饮的贪嗔

上峨眉

登山及顶，他还远远落在身后
推着巨石上山
这样的事我在年少也干过，和父亲
还推过夕阳和潮水
上山。更多时候，我们一前一后
被烈日切割，几乎不说话
有几次我摔下了山谷
但赶在天亮前又爬了起来
多年后当读到西西弗斯的故事
我便彻底放弃了
今日遇见他，我才知道
一些人还继续做着同样的工作
而我自己
也并没有走出天空这座牢狱

夜宿青城山

黑袍里装满了星光，银色的风
抚摸着山脊
读枕边《列御寇》，孔子曰："凡人心险
于山川。"这话
我并不认同
相反，真正令人心险的是我几十年来
在书房里没日没夜地伐木造船
偷渡在字里行间
——那有着受驯，圣徒般的戒律
也有反叛者
时刻露出豹子尾巴的意志

夜晚诗

悬浮于镜面，夜晚虚构着我
虚构出另一个时辰

热浪凝结在窗户。我在大雪中
收集的鸟鸣萦绕成塔

凌晨的街道裂开如海洋
潜下去，填满这无尽深渊

把耳朵里的蝉全部放出来，威力胜于
十吨炸药，平息莫名之忧愤

我们骑着巨鲸在天空翱翔
他紧紧抱着我，是行之

偶尔梦中明亮的尖叫
让我重新回到婴儿的扑腾

在布拉格

乞丐的神色，等同于烤面包卷和落日
——我向卡夫卡比画着手势
这样也安慰自己，似乎我们同处在你那个
或我这个时代。在这里，谈论假象
也谈论我们的故乡。困境和绝望没有
减少，欲望也没有降低
甲虫爬行在大地
桥头的新人与水中的游鱼
互换了鳃，飞跃在波光粼粼的水面
山顶的城堡在暮色中飘移。嘿
老卡，我认同你说的
生命的意义，在于停止

写给行之

十五个月的气息，供我呼吸了一整天

嗯，世间圣洁还有。我紧抱他入怀

戊戌八月十七日午后

流水反复照我，倦色

挂满天边，浑浑

噩噩。蟋蟀古调独弹，只留我一人聆听

音色如针，听得背脊发凉

那逝去的记忆再度

宽恕我

重温了片刻

午后桂花飘落时的鹤鸣

在眉州

就常识，而陷入争论
于今日轰鸣太多

回乡下，秋风中写诗
暴雨里临帖。祈阅后即焚

在沟洫中漫游
是哀鸿，搀扶着我，虚弱

如首新诗。正确的教育一直是
草木替我接受和领会

并冠以律法和经书
统领终生，而不敢妄自逾越

目送岷江滔滔
还是子瞻兄啊幸运于我

在宿迁与敬文东夜饮

杯中见你，险饮为京城浩渺。半醉中
你脱口"斯文"一词。谁还配拥有？

寒雾佐酒。花海情欲奔突
年轻博士夸夸其谈。我们只管酣饮、啜饮

补饮……我们使用旧的嘴唇，身体里
荒废的米仓古道，寡言，慢条斯理

剑阁山高，巴河水长
仿佛我们在绝处，对饮了三百载

在省略失败者的时代，今夜我也
像你"意外饮得了一个虚胖的中年"

文东兄，乙亥大暑，蜀州，无根山下
再饮。见你是你，"见我当然还是我了"

坍塌的老宅

近四十年来，我第一次看见光
击破屋顶，在卧室砸出一口深井

屋后的香樟，与父亲同龄
光，同时卸下了它的半只手臂

幼小的老鼠掀起瓦砾上的灰
我内心的高楼在坍塌中早已重建

再过几年，高铁会从屋顶穿过
会再一次遮住光照耀的地面

离开老宅的光体，投向无力的
深渊，和幽闭中对于光的格外想象

垂　钓

技艺中淬炼追思，是一条没有
尽头，不可重返的路

鲤鱼跃出水面，仿佛某人
秋日寄来了云锦和家书

我刚刚去过墓地和菜园，曾经填满
饥饿的土地而今昏昏欲睡

这片湖水只剩我一人，心跳和
偶尔的鸟鸣，散落在湖面

涟漪中的天色，推动细小的我
往昔的我，走向衰老的我

在雅安鹿池

我将湖泊送到了天上
一群啜饮浮云的水鹿
有迷路的一只
有从树根里跑出去的一只
另一只
我差点难以辨认——
多年前的寒夜
它在雪地的玻璃渣上舔盐
为了把盐送到同伴口中
为了舔更多的盐
它割破了舌头、嘴唇
割破了眼睛和颈项
因失血过多
倒在了去往清晨的路上
而今天，它活了过来
一会儿去空中声讨我
一会儿来到梦里抚慰我

可靠的

可靠的做法是
在凛冽寒冬里写桃花诗，或赞美
桃花之前的雪夜
以白色的抒情，称颂粉红的梦
你写下什么，那替你矫饰或掩盖的
也意味消解着什么。如同我
选择了一种更可靠的生活
在不堪重负的日常里，沉默复述
我也有不写的
足够目盲的快乐和权衡

饮下这颤抖

路灯分切着泡沫的你，和水泥的你
请佯装醉下，明天可以自然醒来
或一觉睡到黄昏。在经书中
受教、就业。向失败的人生永远饱含
热泪和敬意
请举杯，向着滚滚车流
默认生活的合理性
退到秩序外，饮下这颤抖的时辰

迷 失

又一日荒颓。山川逃遁
明灭的隧道从我腹中抽出了漫漫里程

你亲手送他牢笼，也签发特赦令
继续使用远古的记忆掩埋未来的鹅

花在山谷开放，疼痛的人静水流深
今夜微光，消逝在翌日

我也会随时停下
不再以上升之名获得更多深海

有何区别呢

在流水上誊录白云的下午和
坐在谈判桌上的下午，有何区别呢

写下诗句的手和敲下法槌的手
有何区别呢

伐荆棘的人暴毙在街头，那面部的痛苦
接应着我。这分明，无力的诉状

使我活过了他们的年龄——真正的死亡
并未发生。而我置于速朽的今日

与明日也无甚区别。无数个我
从我身体穿过，丢盔弃甲，赤手空拳

夜　读

读宋。"衣臣虏之衣，食犬彘之食
囚首丧面……"
——这情形似苏洵讥我。变不了自己的法
与生活树敌，一觉幻梦

独唱团活在盛大的节日里
地铁开进了书房。那千丘湾顶着烈日
渴求一杯糖精冰水的夏天呢
史读中，不可语

七月，常因停电，夜如麦芒扎在脸上
噢，这黏稠的成都，湿闷的成都

在乐至

独爱迹本无为，独爱
右军之兰亭

乐至，不见人
腾空一池秋水，又注入

饱满的山野。暗涌之夜
在匿名中镌刻

读无量先生的字
我们放下了怀中的沉石

中元前夜

群山和我一般醒着。步出室外
月之敞怀
沁凉的钟声，薄如蝉翼的
钟声，使我意外获得了繁星下的低首
睹物者，移开我很久了
疼痛不再反复。森林里的微光
照向神看不见的地方

暴雨夜

大峨山在胸中生长
头顶上方即峨眉金顶
数个焦灼的电话从雨夜打来
洪水冲向乱石
细碎的浪花化为
无数只眼睛，在高处
望我。悲欣之镜中，鸟兽散

不存在的

在铁杉的静脉中寄宿
雾气托我上升
——时间失去了作用
那痛苦耐力
从未提及的新生
感谢山。不存在的山

非此音

重新回到暴雨中。年轻时刻的
一场雄辩

非子瞻，非义山，非子美
我臆想为他们家国的雨。非此音

那诗篇泪目，读来似汪洋
怎可辱为今日通稿连连。他们

在此的蜀地，蝉鸣不绝，声声凄厉
唤不来我执意要见的青山

山雾我

雾之半山，常年如我
皮肤上的苔藓
通晓每一只昆虫身上的尖塔
环绕我的大峨山，连着另外的山
而更多的时候，它被大雾
彻底抹去。奶灰色的天空下
记忆渐失

山，雾，我，在这个世界上
本没有什么实际意义

峨眉半山记

百万只钢哨昼夜吹个不停，声浪
吞噬我，细密而锋利

尚幼之子最喜仰视一切发光之物
光，乃稀薄之夜假象的家族

妇人往返于深山、法院与镜中
善已古稀，美在卷宗

昨晚在一部暴力电影中睡去
今晨醒来，我躺在枯枝上的蝉壳里

公园里的黄昏

毛姆的月亮浮在水面。我的手
像低垂的柳枝
揽着一团破碎的余晖

打桩机的声音远远传来，被动
不可逆的挖掘，重砌了我

母亲的牙疾逐渐有了好转
渴望她恢复
往昔啰唆，训诫的语气

光在草地敛收，蟋蟀掩埋中年
我佯装睡着了
母亲找来外套盖在——
那个软呢的孩童身上

她还在暗自分担
此地带来的种种不适

我 是

冷杉林里的无边落木，蜷缩如猬的
个体户，通宵未眠的悬浮者

一直克服时间。以恻隐
以浅辙

为了某个秋日
与父空坐，之间不再隔着薄雾茫茫

细雨中

剥开的瓢囊中有一张寂静的脸
停顿于汁胞。年轻的母亲
在一筐柚子中沉沉欲睡
远山向她靠近了一些
孩童在树下，堆积着光
垮塌了，又堆上去，如此反复
细雨中的柚子，来自
此地乡间，它刚从蜷曲的枝头走到这里
一段不再折返的路
一团浑圆气流
和我隔着厚厚的白色绵体

进　山

蝉鸣已化为椭圆的
小颗粒的
在浓雾里翕张暗绿色的光

锐利、暴躁的争吵
无休止的冲蚀
使秋林的叶脉溢出胆汁

每晚都在知耻中
与黑夜道别
他心脏处的悬梯，撞击我

山居中，我仍扯不断
这紧绷的弦

卷 二

不与他人同巾器

读柏桦《竹笑》

竹笑是谬论。月黑风高，竹如塔林
幼年的我就这么认为

那逸乐的事总令中年拒之
侘寂，阴翳之美呢，又寡冷了一些

你说的轻，是晚年无须解释的轻
怎能是鸟和羽毛的轻

在我这里，"雨，还不是裂裳的时候"
禁忌入诗，既需美化，又要隐喻

中年人哪有轻，都是以卵击石
我有我的芥川龙之介，和保罗·策兰

月光的粥

无键、无弦之乐，浮世绘里的那条鱼
使我加班至半夜。简直用破了我

少女竟奔国风去，不古时代
人心返照了。我也顾不及自怜什么万古愁

腊八的粥，十二岁的粥，月光的粥
缓解着我和母亲。苏醒后的我

去苏坡桥买鱼、杀鸡
嘈杂的菜市，一场经济寒冬的再教育

宿　醉

锯琴音，如鲸歌之悲。深水处的探照灯
久习的离别课

落木无边的宝马辙
城市上空，骑着巨鲸游荡的王

失眠夜

行之在左边的小床上
酣酣睡去。自婴儿时他就开始了
训练独自入睡
细微的鼻息
捞起我，沉入大海里的银针
夜晚格外明亮，我从体内
窜了出来，如他从母腹中挣脱的
翅膀，穿顶下的翱翔
借飞行之名，打开星空
妻子在右边沉睡
一根飘浮的白发聚合了时间
而梦境让她，因分娩
获得的疤痕里，储存的光
开出了鲜花

在沿口古镇

冬夜，阴绵之雨浸入骨髓

江水在我胸中沉睡

又一日昏昏

那年轻榕树的腰肢

不再令我颤栗

下午会议室里的研讨

一场诗人的争辩，如过江之鲫

有那么一瞬的枯朽

汇入了我。眼前这条嘉陵江

我想象是杜甫走过的

也是东坡走过的

只有他们才会在我身边

时刻醒来

抚慰这永恒的虚空

在武胜江边夜饮

小雪时节，唯有一场又一场烈饮
才可点燃水面上，倒立的山河

瘦西鸿、吕历、熊焱、王志国……诗人
善于乡野怀古，也热衷街头盗火

时代的裂隙，在杯酒中制造出更大的峡谷
我们开始老了，饮下彼此灵魂中

枯竭的影子。身上沉疴重新闪现，徒增的
患失，暗室里的阔论，让我们厌倦极了

江面上马达轰鸣，如深寺里的钟声
再也没有谁，为这个寒冷的冬夜

准备一副新的耳朵。我获得的酣饮
使我孤步江心，立于旋涡

读马力诗，并致新年

你何以要在新年写下《灰鹭哀鸣》
何以写下物伤其类的律法与德行
这忧患年关还能不能
戏谑地过？"提笔之时我本想
温情弥漫"，可我就是你诗中那个
不耻虚构且敢对号入座的人
就是那个在隐喻里苟且
在"缥缈大雾中用尽形容"
在讨债风雪里蜷缩暗角，在楼阁给员工
编织苍天，在胸腔烹煮白鲟
以泪酿酒的人
好了，马力先生
耳中不绝的蝉鸣已让我彻底交出了昼夜
我何以承受伊拉克平民、叙利亚孤儿之重
我也难有一个"百感交集的早晨"
甚至也将拒绝
你送我的"古希腊艳妇"

神赐的时辰

呼吸机旁，她握了一会儿我的手
像孩子一样，望着我

雾气在防护服里凝结，我仍可以看见
她眼里的海洋。恍惚中

二月获得了一个和煦的夜晚
和凌晨三点的尊严。我已竭尽所能

一如命运再次宽恕着深渊
那黑暗中始终有人头戴的桂冠

向她鞠躬告别。这使我感到歉意
我伸出双手，但已无力

在她看不见的地方，当我开口
她并不能听见我的声音

只有医院外的大雪，在"神赐的时辰"
替我说了声：早安

这春日

楼上夫妇深夜的破摔声
在我伏案写作的一部小说里
砸出了一个个峡谷
它让故事里主人的穷途
止步于悬崖
哀伤中，不再自责生活的戏弄
我也记不清曾有多少这样的夜晚
楼栋间如此撕心裂肺的争吵
混淆了虚构与现实
改变着我笔下人物的命运

山河旧日

春日陡峭，花失蜀州
我幽闭乡下，在三径书院与醒来的
圣贤啄食阴翳之光
还和一位叫放翁的老兄
相约此地。我已等候多时
路上的行人啊
如果你们遇见了他
敬请代我转告，坛中烈酒
已然成冰。笔下春秋几近枯竭
他不来，这山河旧日
迟迟无法收拾

谒子美

草堂阴翳，阳光落在肩上
一粒一粒的，像玻璃碎渣。"惟公之心
古亦少"。我躲在这里
浑浑噩噩

忽听角落旧人抽泣
是不是他遍寻全世界，终于在今日找到了
自己的那面哭墙

意大利

三月悬闭在阳台。诗人韩梅说
男人当学意大利，健身，练嗓，读书

我去过古罗马、梵蒂冈，和街边艺人
喝过下午茶。二十岁时我也读《神曲》

罹难者，复复
春变这一日，炼狱这一日

圣马可的灰鸽，在我喂过它的广场
重新飞到我已不在的地方

伦巴第即武汉
太阳中的米兰姑娘，哀伤的中国青年

农　妇

老宅早已塌陷，"只剩一间，但大得
像个峡谷。屋子里的光，被关了二十多年
我们必须搬回去住，把光放出来"
——半边面瘫并没有加重她
自顾说话的语气
恍惚我也是个不存在的人。的确
说完这些话，她就不见了
我明明看见她是从枝头上走了下来
再打量房前屋后的几十株果树
上面倒挂的幼果，都是一副副褶皱脸
暮色中，散发出橘黄色的光

黄庭坚的宜宾

坐在这里，你待过的戎州
白色的李花开满了宋朝的天空——
那是替我写给你的信，目的为了告知
借你"花气熏人"的这几个字
挂在山崖，难以如期归还
长江滩头每天都有人弃船上岸
邀我闷头吃肉、喝酒，醉饮至天明
有人在江中潜泳，和激流动怒
也有人在夜晚收集月光
淬炼成白银，用来买鹅杀鱼
还有一个人，身披袈裟
捎来你的口信
说我不配享有这样的中年

不与他人同巾器，致米芾

去戎州，不为山谷。去眉州，不为子瞻
我三径书院的牌匾，集了你的字，也不为字

宋四家，独喜你好洁成癖，没日没夜洗官服
洗得花纹全无，洗掉了官职

春日山冈

红砂岩的山冈上
桉树整齐如一排朝天哀鸣的长笛

无常之春，泣不成声的鸟鸣
在李花间徘飞，徘飞

辞路之人，回到了悬浮的崖壁
转瞬，一帘青色长袍披在山肩

万只燕尾穿心，这一年的过命之交
这一年的兜兜转转啊，取走了沉默的嘴

狐悲的人在细雨中掩涕
我无力种下的一截新的枯枝，浮现出

那并不相识，逝者的脸
尽管我有着如此卑怯的灵魂

但不影响为他们再次
找到生命清冽，和重返的无意义

低 洼

什么令人却步？气流中
不可渡的斜阳，被树冠在那一小块
绿荫里形成的霸权所阻挡
当困顿持续
远离的灰鸽，大象般占据了房间
低矮处的水洼吞噬着天空
初夏之夜的腹部
平坦光滑，有那么数次让我振翅一击的
欲求，又奄息了下来
草尖举着蛙声，雾气开始下沉
一天就这样结束了

诗　论

一首已经不值得写在纸上的诗
如一块生锈的阳燧
它聚集的光，也意味着点燃不了什么
但它仍然可以作为
凿空的证据
缉拿那个在海底纵火的诗人

在安仁

早晨五点，清脆婉转的鸟鸣
抵挡了一群恶人的围攻

它们在枝头伸出的援手，并没有立刻
缓解深渊里大汗淋漓的我

甚至有几个片刻，我想努力
回到梦中，重新获得争辩或较量的胜利

而腹背受敌的白昼已经到来
梦中之人相继散去

新的晨光洒在枕边，如我昨夜
抱起三岁的行之，举头星空般欣喜

密匝，密匝

五月的密匝非成都莫属。黏湿，闷热
如油腻之躯裸浮麦芒无垠
身陷囹圄的我还在收集月亮的清辉
这虚妄简直令自己垂垂老矣
立夏之日蚊虫密匝
如麻。那写现代诗的，陋习在于写得太长
废话多。密匝得让人喘不过气

风不见了

风不见了。汽车迫降着落日
盘山路，短而急促
我和车子瞬间矮了下去
隐没在荒草丛中
曾经的良田、夕光，消失于
河谷暗沉的脸
不再有风从远山吹来
不再有神秘的命运使我
充满紧张。高铁已在家门口开建
我失去的立锥之地
再次涌现出年少的苍茫

树　下

坐在去年坐过的树下
鸟在枝头跳跃。我不能确定今日
欢鸣的，是不是去年的那只
但我还是往日的我，焦灼
困顿，无奈，一样都没减少
仍旧在树下等一个人
可以想象，他也会对我说"一切
都会好起来的"
那样的语气，带着肯定。听起来让我
心情舒畅极了。虽然我今年等的
并不是去年那个人

丧　失

拿什么度日。缄默变得稀薄
晨光丧失白昼之
盎然。你一再谈到死亡
哦，那活着的尽头
生的虚无
并不能带走命运之灰
我早已走在了我的前面
留下那自顾争吵者
早餐桌上一枚彩蛋兀自旋转

一　刻

如此清晰的脸，英俊、洁净
他来到身旁，带我走向
一面镜中。他差不多和我现在一样的年龄
从小镇集市回来，我坐在破旧低矮的
书桌前，临摹青翠山河
十三岁的烦恼，依然没有消去
他年轻，沉默，脾气暴躁眼神又
近乎哀求。我带他走进另一个房间
指着三岁的行之说，这是你的
孙儿。那膝下承欢的一刻
在我脱口而出的时候
小床上行之突然惊醒的梦
也吵醒了我。梦呓穿过幽闭的胸膛
不知身处何地的我悬浮在空中
一场梦境彻底打破
只有他留在了现场，永远无法老去

摆　渡

狂风吹向卖荔枝的老翁。行之年幼
不知，摆摊如摆渡

六月赤条腰肢，阵雨将至
满街行人大腹便便
即使少女，也鱼肚白

暴卒新闻不见怪。我穿过了无数
隐形人。冒名顶替者
用他人之名行了一世的凶

怎可奈何呢。写下这首诗也只为
记录儿子还依赖我牵手的一个夏日

诗可久身

白鹭自顾地飞，一种釉绿的平衡
使我在稻叶踱步间积蓄
诗可久身吗？
这样的问题并不需要回答
田野给予我的饱腹感，今日再度唤起
那令我彻夜失眠的，隐秘的
忧思难忘的，都被打回一粒米的腹中
远处雾霭传颂于松塔，余晖中它
重新站上了山巅
在我目光投去的方向

模糊的不安

湿闷之夜，暴风雨掀起书房里的
窗帘，径直蹿了进来
在我胸口形成一个个漩涡
卡夫卡站在阳台上
背对我。暴风裹挟着他的衣襟
室外灯光重砌了他的身廓，高大，修长
他兴许刚从一场小小的朗诵会下来
阴郁、坚定的眼神，隐形在夜色
接着，是芥川龙之介。我一眼
就认出了他，瘦削，头发长而杂乱
也背对我，一只手搭在卡夫卡的肩上
他比我年轻，但明显憔悴了许多
有"模糊的不安"。哦，我想起了
这是七月，再过几天
他会结束自己的一生
我多想走过去告诉他，嘿，哥们儿
能不能挺住，这场骤雨很快就会过去
但我身陷这光与黑暗交织的深渊
无法站立和说话
光柱般的雨水冲刷到他们头上
又飞溅到我的身上、书桌和墙壁

像甲虫群，发出巨大的震动之声
他们转过身来
帮我打开书房里的灯
捡起地板上散落的书，向我伸出援手
并温和地说道，"再坚持一会儿
我可怜的读者"

窗含西岭

群峰倒挂于窗。我看见的山，也是你看过的
延绵的寒意至今终年不化

锦城待你不薄。我续之的弦歌
如困兽犹斗。雪山今晨才从我胸中长出

人生不过一行芥川龙之介

看完《罗生门》，我抱着一块巨石睡去
那"松明的光，蓬乱的白发"在眼前晃动

我不停滑动手机，这已是睡梦里
多年的习惯。需要时间紧裹的不安

嫉恶向善尚存。"人生不过一行芥川龙之介"
就着雨声，我跟着他读了一会儿《圣经》

哎，"幽明本难分"。他小我七岁
芭蕉树侧，我们相遇，却在生之末年

忆夏日

想起夏日，那浓郁、洗不净的鱼腥味
我从水底游出，落日在河面
镕金般沉寂

荷叶上的露珠，塑我耳廓的蛙声
都是嬉皮士的宗师

而一身青梅味，时至今日
还是盖过了竹马头顶的灰白之发

想起雏鸟迎风满天
想起满身鱼鳞，惹得月光皎洁

河谷为一人散开，太阳
为一人起落
十二岁耽于无形，也无幼我衰我

观　鱼

密密匝匝的锦鲤朝我游了过来

涟漪漫卷

嘴唇，一缕一缕的酥麻，忽有胁迫之势

水纹曲线如瓷实肥臀

快慰和轻薄，浮在空中

一度恍惚的鱼

挤压我。进入过于紧绷的身体

细如静电，大如鲲鹏

逸乐和虚寂交替。鱼在颤栗中化身

我也随之消失

沸水中

鸡蛋饱受炼狱。纯青炉火一再
教育着清晨
蛋壳撞击锅壁的声音，使疼痛得到缓解

我看见那个朝天空搭建木梯的人
在沸水中返身

酷暑赋

我在山上待了很久
没日没夜缝合着山洪的一再撕裂

上万吨蝉鸣，噬食我心
芭蕉树下，一只丧家犬陪我夜饮至天明

万法归宗的秩序如太古
那躁动的人，在远寺中隐没了下去

凌晨接到公司行政打来的电话
命令我领取乌云餐补，向明月请辞

在郎酒庄园

有名的水和无迹的水，高悬的月和杯中的月
与我身处同一个容器

啜饮这晚风中的流云
胃囊里的静电，如你赠我时光之苔锦

老友再遇，中年昏昏。唯夜饮中的酣醉唤醒身体
乖戾。一场青山之约下的云雨

有人着迷于腾空的佳酿技艺
有人在口欲中，吞饮山河绵长的银两

而我暗中认定年近八旬的华万里为师
秉持檀木手杖吐出蛇信，用十八岁的手举杯

山渊忽有一种迷醉的空。那引入窄门高处
自得其乐的晕眩，让我一次次登临

面前这幅绝顶。那小腹激荡的酒
整夜急促地呼我为：永郎，永郎，虚炙而欢迭

回答，致罗铖

昨夜我在陌巷修复了明月

在海底收集了星光，反驳了你

策马的舌头

天堂里有我集火者的亲人，换我活来的

如铁沉默。你逆游在锦江

我立锥于旋涡

靡靡之音窃取了双耳

就让这秋夜覆盖我们的放浪形骸

让腐烂的落叶长出新的蔷薇

待它明春探出头来

我们都应该好好想想如何向它

据实回答，诗人何为

教书先生站上讲台，又该说些什么呢

十七年后

饲虎的日常里，我仍暗地持有屠龙之技
等待某一天你掠过苍穹
在竹影婆娑的夜晚，来到身边
领着我，凌空于绝壁
刺破那笼罩青山的黑袍。我相信
只有你，才能率领众多的我
一支迎着繁星的
骑兵，平息儿子内心的暴动和反叛

秋葵与鹅

带领访客步履至此我就胆怯了
那只从深寺飞来的鹅
——绿水间垂柳的少女，它引颈
望我的眼神，剥光了身材弯曲而臃肿的我
一种耻辱涌向
流水。在青山脚下形成旋涡
我们对视的黑白，唤不醒秋日放逐
它埋头继续在水中镶嵌一块
破碎的明镜。二十多年了
这项工作远未完成
而我，一场浪漫的苦果也没尝尽
只有红色的秋葵站在微颤的枝头以暮年之躯
托着黑压压的天空

死亡预演

他们命令我去死。在医院

还准备好了一副木棺，数只眼睛利剑

一样包围我

说我必须在今天死去

否则他们会建造一座天堂的审判庭

我没有病痛，没有罪恶

更不相信死亡如此真实而急迫

死亡这个词，激发出了我身上

多年养成的顽劣意志

变成一种抗争

我的抗争不是来自生命本身

而是活在人世的善念

我替劳苦者活着，但不会替

作恶的人死去。在梦中，我的挣扎

穿破了一层层牢笼

当我再次醒来

阳光如瀑，倾入整个房间

我诧异自己历经过的

生死，还在一遍遍预演

修灯：致雷平阳

我不会再向世界提问。答案我
也无须得到
空荡的庙宇无须有人住下
在天空种植土豆的人，在地上
修补月光的人，并没有从深夜掘得灯塔
你握过巫师和上帝的手，邀请过
众多圣徒和菩萨
而世间的服役与受难，而理想主义者的悲剧
仍在每天发生

桂花与苔

委身绝壁为何我
的恐惧反而在减弱？桂花落满了天空
坐在树下的人并不相信
这个事实。他们期待枝头重新拥有
一种炼金般的万古与浮力
桂花树上苔藓的宽慰来自它
渺小的力量而不自知
——我靠这渺小
度过了安全、平静的一日
它将体内的恸哭借助鸟鸣发出
那凌空凄厉的声音
忽有解脱，又幻灭之极

生　日

昨夜梦境困于各色外星人围猎
杀我片甲不留。假装软瘫倒地不成仍得
一次次独自迎战至死不休
今晨醒来向妈妈讨要了一碗清汤面安心吃下
看窗外高楼林立恍如故园众神隐遁

逃亡者

铁屑从花洒中喷出，肌肤上凝结着
红色星球。我还滞留在黑夜
为了追杀一个亡命之徒，用了整整半生时光
我也是一个血债累累经常出席
葬礼偷偷落泪的人
不知道什么时候能够停下来
请求逃亡者的宽恕
我想告诉他，那个对我们发号施令的人早已
离开了这个世界

泥潭与深灰

一种寂灭的灰。刚进入十月她就

启动了云层里的取暖器，阴冷的二十岁

也传递给了泥潭里中年

操持的稳重与精致

在天井中获得交谈的昏沉和深墙

尽饮这烈酒锻造的天梯

无言不雠，万法归宗之空无

她又何以掩面在急促的呼吸中和我

互换青丝与暮雪

狂狷和悲怆并发。少女在

树梢离去，深灰的美

川西平原上皱裂的薄雾

试图最后一次鼓动大象的羽翼

抗争者在围剿中败阵下来

我也将从一场与秋风的搏击中撤离

乱 石

黑夜从未失去什么，我却消磨了它
看望病重长者，陪他强颜欢谈。一生要
重返多少次别离现场

赴一场鸿门宴，火锅配烈酒。座上宾
下令，一同举杯吞下乱石

酒在体内淤积成冰，北风吹灭了萤火
我丧失了自身的粗鄙与蛮力

俱乐部里的游戏带着闪电。飞蛾采耳
压迫着银针般的情欲
来来来，阮籍兄啊，能否陪我长醉至魏晋

内　卷

抱朴在进攻且无退路之境，陀螺空转在不断
抽打自己的死循环
无限内生的犄角在胸中折断又生长
悲哀的世袭者，一直以螳螂之臂抵抗着
宽门外时间巨轮无声的辗压

寒衣节

昏暗商场，我在书店角落
密室般囚禁了自己。头顶悬置的是
敦雅的颜真卿
当天井微光吞下空中灰霾的巨鳄
我刚好读到孙绰"野有寒枯"那句

换 灯

韩国导演金基德去世
昨夜重温他的《漂流欲室》
和《圣殇》至凌晨。后失眠

下午，送孩子学画，今日画鹦鹉和小丑
去百安居换灯
被告知十年前的型号早已停产

气温骤降到零下。想起这漫长的
一年，秋冬垄断的一年
人形如遍地落叶在风中悻悻旋转

穿过稀疏街头，我怀中夹着的
哑默灯管，突然发出了清脆的炸裂声

在成都府

年末坏消息一个接一个

我要赶去太古里的银行取云，给天空

发年终奖。去锦江边捞雾，织新年绮罗

去网上登记摇号，按揭镜中楼阁

近来人影恍惚，我要回到夜里

交出自己。让借来的我，短暂抽离一会儿

想起这里是子美的寄居地

是子瞻的愁绪乡

他们的千古忧，落在一个二十一世纪的

蓉漂者身上，深谙冬来

非薄寒。来成都二十年了，这羁旅

不过一场人至中年都未完成的

非义务教育

饮酒记，致宋尾

你不停地回忆，我们共同
拥有过的星辰，仿佛一条情深般的银河
此刻，就在杯中晃动
我知道你最想谈起的是那些
单调，且盲目
又精力充沛得无以复加的日子
就像现在我们并不承认写诗或生活
是一条孤绝之路
是我们宿命中的未竟，和已知

隔空取暖

冬日一有暖阳，成都人
兴奋如过节。孩子嚷着要去浣花溪
喂鱼，看白鹭。今日不陪他
也推掉好友之邀。我照例来到楼下
一偏僻处，背着太阳
温热从后脊慢慢升起。只有此时
我才感觉到了，有远处的人和我一同
沐浴在阳光的普照下。我们隔空
取暖，如此亲近
身处不同的孤岛，恍若他乡如吾乡

卷 三

追白云

肉身沉重

重新认识的元素，在身体里
用了半生而我一无所知

劳苦、饥饿、病痛的记忆
由它们罩住。肉身的奴役并未减少

永别的人还在梦里期待。我继续活着
却无法接替他们所遭受的折磨

你同我读出这些生僻的字时
我总会下意识地按住身体的某处器官

为此颤抖。不是有毒或放射性
而因那些缺乏营养的，基本元素

骑着中年的老虎

在树影下获得的眩晕，仿佛饱满而
闭羞的光籽。通体紧张

大学城里，忧伤的古典少年
揽着初夏的腰肢，让我充盈，虚炙

我确认，我曾经来过这里。蝴蝶的双眼在
暗处试图一遍遍启示我，恢复我

像山脊那棵古老的，十八岁的香樟
一次次接通舌尖上消失的电流

和点燃颅内烟花。酒饮至凌晨
少女怎么才能重新回到樟叶的体内

我怎能重逢抱头痛哭的我
青年的我。一头情欲饱满的小兽

像今夜在灯下漫步，我骑着中年的老虎
当然也是为了引起年轻人的注意

峨眉堆雪

这是儿子第一次看雪。经八十四盘
冰雪之梯，佶屈，而硬滑

途中托雾，我摔过两次，多处瘀青
积雪被大雾笼罩，近乎空无

到接引殿，一块斜坡上
我们按照他幼小，不可知的想象

一起堆雪。雪花纷纷走下天空和枝头
很快有了一个小小人的模样

我们塑雪以人形，用枯枝安上表情
离开后，又把它留在了茫茫深山

大雪纷乱的夜里

庚子农历冬月二十四，成都
十年一遇的大雪
陪儿子去取回他的《龙猫》
寒冷使我握他的手更紧
他的另一只手则护着绘本
雪花落在书上
他不停地抽开手去擦拭后
又摸黑抓住我的手
我知道这样的时刻不会太多
他很快就会长大
也不一定记得，在多灾的一年
我和龙猫曾陪他走在一个
大雪纷乱的夜里

清音，答友人

我确实在体内放置了一架钢琴

可是从来都没有谁，听过它的琴声

它常常在我沉睡的

漫漫黑夜，调动着每一处骨骼里的清音

负责每天拂晓前，唤醒我晦暗

不明的灵魂

可能我一生都不会主动去

弹响它。也不愿获得更多人的辨认

隐秘其中的

去山中。那耳提面命之地
我自小的遵从
俯身荒堤，一行热泪滚向它们
草木也回应露珠一行
两行并流，隐入丛林。直到残月高悬
我投影水面，曾经有过
纵身池中的念头
——那些梦境的容器，只有十二岁
今日我要致谢它们：脉中蚯蚓
脚下蜗牛，胸腔里的布谷……
那是我第一次给隐秘其中的生命
确切的机会。我们
活了下来，听从自然的训诫
在族人甚少的故里
消解我与乡邻曾经的势不两立

樱花与铁

光里枯坐，睡前之必修
暗中自省，谬世之匕见。深陷
俗世，也抽身腾空
父子彼此要用一生去回应樱花与铁
尚幼的他着迷于银河
并担心每颗星球的长夜与极寒
一遍遍聆听行星在宇宙转动的声音
只有我，深知这星辰般的孤独
漫长而悲怆
他枕在怀里，彻夜飞行
我穷其所有要做的是，让光永在光中

一种枯，致陈先发

我也厌其枯。簇新湖水枯中的我又
不得不接受枯的日复一日
新的阳光，温暖、炙热
我依旧坐在晚年的书桌前
虚构着另一个晦暗时空
甚至拒绝走下楼去
就这样陷入自我怀疑的气态
三月春梦更迭，我在枯中重返甘洌
那触手可及的登临总在
胁迫的闹铃中崩塌
你题赠我的"诗可久身"，引发我
每当枯行时的诘问
笼中之鸟，是否已经爱上了笼中

纵　目

四月细雨如铁，衣裳如铁。蓉漂的巴国人，
摒弃古人习气而悠悠。

沟洫里的逸乐人，纵目面具大立人，
林盘檐下忧患无尽，电话中憋气的现代人。

春日鸿蒙

在喜雨之城我夜以继日
雕刻着一头石狮
那具体的威严，在时间中越来越像
水中的我。沉闷，稀薄
充满流动的恐惧
数个夜晚，我钻进了石狮的腹中
体内烛火如昼，江河万古
只有此时，我才镇定下来
看见数不清的镜子里、刀刃下
沙砾成堆如万千菩提
而未完成的狮子，仍是一块顽石

急就章

舌尖和月亮在杯中燃烧，屋檐下的气流
盖过惶惶一日。此刻他们在我心中是杜甫
是苏轼，是陆游，是范成大
他们在喜雨之夜的楼宇里养鹅
遛鸟，淬炼嗓音
怀中抱着乱石，披头散发地写急就章
他们来自古代，但有一个现代派诗人的名字
他们叫熊焱、罗铖、姜军、田芥

一颗被守护的星球

距离太阳最远，极度冰冷的冥王星
2006 年被国际天文联合会
排除了行星序列。它有五颗卫星
包括永远以同一面朝向对方，唯一同步
相伴的卫星卡戎
在 59 亿千米外的地球上
有一个四岁的小男孩，用橡皮泥自制了
一颗卫星，他称它为冥卫六
并放入冥王星最近的身边
他一直拒绝接受
将冥王星移除九大行星的家族

光　锥

你可能是极少数拥有四种
视锥细胞的人
只有你，才能看见暗物质世界里
我们的前生——浩瀚宇宙中
两颗流浪的星球
因彼此数万年的引力
你来到我的身旁，今生相伴
成为父子。我们幸运这未知而
隐秘星系里的奇迹

崖前夜饮

悬崖之上，我饮下了太多的霞光
与湖泊。深感体内赤水
忽见神明般透亮。这一尺的光
万丈的光，筑成山中蜃楼
我梦见自己骑着鲲鹏在山顶盘旋
释放出幽闭多年的朝阳
和落日——这两个事物本就来自
同一个星体，而人们却区隔出
两种截然不同的含义
它们折磨我，解救我，沉沦又升华我
浇我愁肠，褪我衣裳
当我沉沉睡去
我饮下的光，此刻照在了月球上

夏日札记

蝉在穹顶，蝉在炉膛，蝉在
耳中。夏日里，银针般的情欲如炸雷轰鸣

一个内陆盆地的四岁小孩，睡前让我
模拟竞技场发令，他乐此于床席上

跳水和潜泳。深夜楼顶总会定时出现击壤
之歌，声响何悲，如空中浮沙

那在地铁口枯坐的人，那些离散中
的共眠人，不息黑夜里的耐力较量

儿子沉思在绘本中儿童的肺，中年的肺
老年的肺，向我追问那由浅至深的红

炙烤大地唯以蝉鸣作答。它们的声音
加起来，足够建立一座失聪者的集中营

夜　辞

宿醉醒来，雨渐暗黑
镜中面目可憎
极力排开身边这鼓囊而湿闷的气流
它连接远处，碾压青山
故人酒后夜辞，留我抑郁绵绵

空中的雨水啊
我的朋友一世困苦艰难，这一别
祈你明亮，免他行路迤逦

悖　论

有时我会陷入争辩的囹圄。仿佛激愤而
乖戾的自己，早已离开空空皮囊
剩我接受自由空气中
凝固的那部分，沮丧的那部分
你动用了皮肤上的一切垂涎之物
与夕令、夜色和解。器官在对方的位置
发出呜咽，但无法唤醒耳中潮汐
并不是我要刻意保持一种认知或身体的
交互，片刻的颤栗在枝头
吐出银色火焰。街头人海风平浪静
我感到一阵虚炙，而可怖
像战乱之国的俘虏。你我的战争一直
在持续。试探、对抗、交火
我又陷入撕裂与完整性的悖论之中

蝉之一种

耳中的蝉唤醒了一片森林。
夜读芥川龙之介，
顺着他反驳《言海》大槻文彦先生的意思，
我认同"蛇有胁迫之性，蝶有浮浪之性"。
那蝉呢？蝉有盗取阴翳之性。

泳池里的光

投射在泳池里的光
燃烧自远古。一排排柔软、锃亮的时针
载着我们摇摆、浮沉
直到落日从山头
消失，光仍在幽暗的水面熠熠生辉
仿佛我们游了整整一个世纪

观影记

她坐在后面几排。中间隔着贾平凹
余华、梁鸿，还有街头、养老院、餐馆与
田间无数的游离者、罔顾者和劳作者
空荡的影院就两个陌生人。情绪的参与让
影片中的讲述，变得抽丝般震颤
我们肯定不曾共同消耗过，那些个人简史
但集体下的命运，似乎也没有格外逃脱
相对于村庄外的另一种凋敝，和饥饿
当肖斯塔科维奇的第十五交响曲响起
影院的空间在无限缩小，如茧胁迫回到
出发地。你很难不承认有一些人
似乎生来就是戴罪之身，为大地蒙难
像这现代影像中的长镜头，掘犁出
一副副旧面孔里的巨大沟壑。古老的文字
无法将每个渺小的生命轻轻托起
故人远遁，世间的人们每刻都在散场
电梯里，她背对我，后颈细密
的汗珠已经干涸。我们又将回到各自
的囚室，永远不被述说
天色向晚，楼隙间并没有一种海水般的蓝

那根绳子

昨天陪妈妈聊了一个下午
时间从我们的话语里
抽走了十八年。她怀念你，现在仍会
流泪。但我不会再将那根受难
的绳子重新系上，永远不会
回忆没有尽头。我梦见回到老宅
夜里三点醒来，你却不在
我又昏昏沉入梦中，试图找到你
但老宅变成了一叶孤舟
我知道你也不愿再将那根绳子
抛出。只不过借用了我们
生长和离去的地方
这样可以离你更近一点
你就能看到我们现在生活的模样

光之门

我在大海上用万吨波涛

建立了一座钢铁日晷，收纳来自

海底深渊的头鲸之歌，邮寄给天堂里的

失眠者。那些时光的利维坦，捕获了

众多的我，和唯一的你

思念反复在生命的不确定

一个人对一个人在凿空中使用同一种

幼初的语言，犹如灿烂星河

那些看不见的暗物质，守护永恒的光之门

氢和铋

五彩矿石纷纷从树梢跃下
骑着甲虫来到此岸。底子光明的同类
拥有金色般的命名权

他以反复熟读元素周期表为睡前赞美诗
以采集的行星转动的声音
向一天不舍的结束，道了晚安

他画了两只树蛙在
清晨醒来，给它们取名为氢和铋

矿石记

童年的紧张至今仍未
消释。它在一小块青金石的血脉上微微颤抖
我从这些天然的矿石中难以获得
生命珍奥的答案
又寄望这些乱石堆精选的标本里
有一个骑着鲲的少年，向我缓缓游来

周末杂记

网上寻《绵州造象记》未果
秋风在窗口整夜呜呜，混合汽车胎噪和
飞机声，像一道道急令
那既不著书，也不立说的新派教授
一早又发来酒邀。对好饮之事，我突生厌倦
重读鲁迅《故事新编》，小说中
那"冷得发烫，热得像冰"的人物
包围我，埋伏我，分崩我
我奋力冲出书房。看见儿子调遣着
他用橡胶泥捏塑的一堆星球
阳光正好照在他的星系和胖乎乎的脸上

现实主义

就是那只甲虫，让马尔克斯觉得

写作"一下子卸掉了贞操带"。甲虫和

飞上天空的美人、生来就被黄蝴蝶

跟随的汽修学徒、光海中

航行的少年……都来到"安得广厦

千万间"的成都府、花满蹊的黄四娘家

一座十六楼的电梯公寓里

他们就身处的现实各抒己见

我深知他们性情怪僻，不知该不该

请教些什么。最终也是罢了

关于超现实的，魔幻的，写实的

是我正在历经与共情，而无法说出的

卡夫卡、马尔克斯和杜甫

穿透了我们。现实却永远是戴上镣铐

跳舞，是一条交织着黑暗与光明

周而复始的路。我们还交换过"孤独"

葬礼上的，雪地里的

甲虫眼中的，人与飞禽命运共同的

声音引他走出河水里

剧本里私设的牢狱，择址青冈树下
苔藓蔽日的故园。落叶如轻舟荡漾在
瓦片的波纹上。这自在的一日
一个人编撰秘密的身世，自扮凶手
与警察。梦里梦外，反复调查和推理
塑一人，毁之。又塑一人，再毁之
在那非白即黑的世道间，实在找不出
什么蛛丝马迹。一个又一个
受害者不断离席。为所欲为的人
与审判者的强词令他交瘁。真相
永远难以获得
远处着灰袍的少年，在古亭旁
吹起了萨克斯。声音引他走出河水里

识音者稀，与嵇康书

你写下《与山巨源绝交书》的
1700 多年后，一个 21 世纪初的小镇青年
读到"抱琴行吟，弋钓草野""殊途
而同致"。想起我也曾在树根下
挖掘过天空，以及天空里的月光和繁星
也曾在夯土上筑墙，在流水上造梦
在柳树下打铁，佯装冶制锄头和犁铧
实际上，我一直在暗中铸剑
没有人知道我会用这把剑干些什么
这是祖上传下来的手艺，我必须继承
像千丘湾那个孤独的姓氏
这些年，当我身处江心旋涡或被
搁浅岸边时，只好抽出剑来在流水上
一遍遍誊录你的字。音律虚掷的
中年，那把青黑色的剑
在夜晚发出了呜呜之声。我仍然无法
做到"哀不至伤，乐不至淫"
在梦中多次遇见置于绝境的自己
但我从未施以援手。那把剑
也深陷泥焰，锈迹斑斑，近乎一截废铁

境　况

胃药使他散发出了老年身体里，褐色的
冬日味。骑上白马的柳枝
的确有着数个晚年的金缮与焗瓷
凛冽之夜，半个月亮的清辉全部照在
他掌心的泥潭里
梦境中，他竟然爱上了青年的加缪和卡夫卡

月照泥衣

深夜回到家里，他摸黑走进书房
脱下泥做的衣服，耷拉在
沙发上面。佝偻的泥衣还原成泥团
从铜墙上滑落，在炉膛里
坍塌，以泥菩萨之身蹚过室外的月光河
只有此刻
他才彻底放松下来，浮尘一样
伸展。自己不被使用
记忆的井绳不再接受命令
银针般的苦难
在虚寂中获得了短暂安抚

倒映的米粒

小饭馆里空无一人，几只麻雀跃上
收银台。老板娘站在门口向
淤积的夜雾招手
成都似乎总有过不完的冬天，漫长
而灰冷。追债的人刚刚离去
银杏叶悻悻落下，触地发出的闷响
在我面前的汤碗中扩散

这虚弱的夜晚在人迹中不值一提
我觊觎碗中倒映的米粒和雪山

戎州夜饮

当我醒来，江水仍未恢复平静
昨夜从胸中穿过的烈酒
此刻正拍打着头顶上的云彩

想起公元 1097 年，53 岁的山谷
被贬这里，初始居于"槁木庵"
和"死灰寮"。无事就
舟中长年观荡桨，吃苦笋，啖荔枝

而后笕竿引水，得友人酒米
与夏衣。讲学不倦。常在雪浪翻滚
的江边开怀畅饮，"眼花作颂
颠倒淡墨"。是仁厚的长江
抚慰了他，安乐之泉唤起了他

因美酒激越，我们不曾一起举杯
何其幸共饮在同一条江

想起人到庸灰的中年，令我
所欲之事，不外乎
怀古人忧，江边佯狂，月下酣饮

追白云

春天走过的繁花小径，冬日已经萧疏
杂乱。关于"无根山"这个名字
你向空山问了两遍，我朝着空山也
回答了两遍。我们在起伏的山坡中盘走
在荆棘丛里穿梭，登临在未知的
途中。你又发问：白云就在头顶
我们为什么还要去追？恕我
沉默以待。一个大山里的少年
常常独自坐在河谷，看见白云如鲲欢腾

绝　响

无垠之水饱满着山谷。半夜我
突然惊醒。不知何处的鸟鸣闷声传来
仿佛刚刚梦中焚琴的人
留下的绝响，每一声
都锁住了我。一个理想主义者的
青年时代已经远去
步出室外，森林平分我一片皎洁的月色

小　雪

我看见陌生的自己在电磁力中
获得的回应，略胜于雾气里的涟漪

每当入冬，一颗不老的灵魂住进了身体
晚风经历什么，需要竹影说出

厨房里的手聚满了星光
粥碗中，那只步态轻盈的鹅仿佛

此刻为我走出。凝视的双眼
重逢在时间无垠

像我身边成吨的暗物质
每一刻都守护着光芒中，平行的你

赠我以光速

在明月村遇见的松林自洽如
少年时代的故知。这让我莫名放松
在松涛里昏昏睡去，就那么一瞬
远山和云霞从胸中长出
鲤鱼跃出镜中，花在胎记上开放
总有琥珀不停地从天空垂下
外祖母在山坡上抱起一堆松针缓缓走来
是神，赠我以光速

报 本

百年桢楠上，无数流落街边的之乎者也
重返枝头。闪电还在一次次炼制
时光的锦缎，像彩虹
在失败者的书写中化为泡影
镌刻在石头上的箴言
已经起身离开，消失在冬雾
我们在树下谈起煲粥、持经的人与股市里
惨痛的小波段
此刻一定有人在暗处注视
眼前这满目的朽腐之物。造物主创建了它
又摧毁了它
但依然有人期待一截枯枝
从天空垂落，在念珠里重生

哭泣的杜甫

——读西川《杜甫的形象》并摘录

年过四十五，他就觉得自己老了
开始了晚年的哭泣
来到春天的曲江，像个野老，吞声而哭
抱病昏忘。日暮东临的时候
一个人在江边哭
泪水从稀疏的白发中垂下，打湿
新写的诗句在秋风里哭
日落的时候连猴子也跟着他一起哭
牙齿半落，左耳聋了
这个孤老头子，病肺卧江沱
一身病痛伏在枕边哭
不见江东弟哭。颠沛流离，肉身衰朽
直到快要去世的时候
在《逃难》中也哭：
归路从此迷，涕尽湘江岸

在二郎滩头

赤水沉郁，我与历代神往之人
举杯在高山、峡谷、荒岭、江面……这一夜
恍若全部的星辰照我。戴罪之身
结束了流放
王朝虚弱如一团薄雾
浩然与清辉，藩篱与疾苦，都不重要了
醒来在二郎滩头，唯胸中迸发的江水
还激荡着那用旧的山河
唯手中烈酒，还让我眷恋眼前的人世

逍 遥

蜀地里冬雨磁力绵长，骨骼与
山川合为一体
鸟鸣拄着青铜权杖，扶桑树下
青铜大立人，双手献祭扭头跪坐的天外人
虔诚，又金贵

我看见两只蝴蝶停在枯枝上
有着一身古人的轻盈

我厌倦了世间所有的食物

麻雀在邻人的铁钳上翻烤
美馔香气使你的目光从一树枯枝移向
柴火灼烧的尘土，垂涎于
灰白天空的孤儿，因饥饿晕厥在寒雾里
这个场景令我至今都有第一次
听闻后的颤抖。一位老人
目睹并向同样年幼的我，讲述了它
食物永远不够，而你拥有的更少
某一个五月，我带你穿过医院拥挤的人群
我们在狭窄的巷口，以沉默
接受这天生饥渴的命运
我再次想起了那只炙烤中的麻雀
喉疾封锁了盛年。我们什么都做不了
食物像我们穷尽一生"积攒的泡沫"
每当饥肠辘辘的时候，那只二十世纪
五十年代的小鸟总会朝我飞来
叩击我，拷问我，径直住进我的身体
一遍遍引我历经孤苦、病痛
以及那些无人记得的生死。我曾在
足食的时刻，突然渴望在一整只烧鹅中
获得确认，你并没有真正离开

而后我厌倦了世间

所有的食物，几近虚脱

一次次濒临死亡，为了再一次接近你

岁末诗

这即将成为旧的一日，新疾率先抵达
一年的所有，仅存医院时针飞絮
没有什么重要时刻值得纪念，失去的
也许会加倍失去
曾遥想过的晚年此刻正在
身边踯躅，对于生活
我已需求甚少。忘掉了很多人与事
也没有谁再向我提起，我怀疑
那些爱恨交织的经历是否真正存在
岁末暮晚，一个中年人
带着老年的处方笺在年轻的街头凛冽而行

与宋尾在无根山下漫游

遍寻河流的时候
我们刚好看见酒中展翅的鹅
拍打着杯沿慵倦的暖阳
你滔滔不绝的言说
重砌了眼前这座不知名的山
一种非地理学的指认
在三径书院的诗书中重建
又崩塌。人到中年自救的勇气
正是领着我们在山脚
穿行的未知。我们靠这未知
忘掉了身侧的鹤鸣山和青城山

卡尔维诺与子美

梦里形成的死亡强权在我醒来时
已经具有固态的记忆

枯叶飘浮在寂静天空。与逝者相逢愈发
觉得肉身速朽和文字的无意义

深霾中银灰色的鹅
像子美来回踱步，缓解着此刻焦灼

在一座晦暗不明的森林
我的诗只写给弱者、美人和末路英雄

我也是败类，是匠人家族里
唯一躲在文字背后的懦夫与懒汉

捕蝴蝶

阿尔卑斯山脚，纳博科夫躺在一只
被落日紧裹的蝴蝶腹中
这是他一生热爱的
旅馆、信使，与彼岸世界
时至今日，我们仍然相信那只蝴蝶
像饮下的致幻剂，是生命之光
是欲念之火。显微镜下
丑陋的性器、骗局和罪恶并没有带来
什么危险。意识止步于表象
我看见更多的蝴蝶涌向
黑夜——我需要那些蝴蝶
需要那个穿着短裤
戴白色帽子、体形发福的老头子
领着我们走向山谷

仁和洞前

时间赐予我的美意，等同于它

带给我的刺痛

我均辜负了它们。此刻我只想

对着崖下八月夜行的赤水默默举杯

酒从天空来到大地，从杯中

穿过针眼，我饮下了一种人至中年的天意

那筚路蓝缕和锦衣夜行的朋友枕着

洞中的酒苔早已酣睡

只有蟋蟀与我躺在悬崖之上，我喝醉了

就对着月亮胡乱吼上几句

容身之所

穷尽一生寻找的容器让我纵身其间
又溃如散兵而不自知

心寄大荒已久，深埋心头针尖般的
俗世之苦，徒获天地间容器之巨

想到那器中之物，无边，无形
如星辰汪洋庇护我，托举我，又覆灭我

八月之火煅烧着波涛
也锤炼着云泥。盛放的悲喜在裂隙中

重新浮现。我曾住在长江源头的流水上
唯月下金樽借给了我容身之所

卷 四

贩梦的人

飞行的人

雨下个没完没了。他牵着一只鹅溜上
湿漉漉的街道，仍然充满第一次飞行时的紧张
是的，他总在深夜飞行
把自己带往无人之境，丢下黑铁
铸造的外壳，去空中和某人交谈。相信那
不知处的应许之地，将尘埃
分开，获得光海。他凭借这光海
与溃败的个体工商户渡光而行
自我流放中，不需铠甲，不需要奶和蜜

云下图

顺着涧江而上，反战争论中竹影婆娑
三月的蜜蜂占领了枯水期的河岸
各执的己见并没有改变河水的形状
我也没有想要改变你。我们一路保持着
沉默。你扭头望着窗外
车辆摇摇晃晃驶向山腰，修竹颔首微风
你的肋骨在我的瞥视中发出
摩挲之音
我沉浸在两人鼻息的交互里
它们凝结，又散开，匀静地荡漾在云朵之间
我们很久都没有这样感受过彼此了

生命派遣

每个人都背着一块厚重且
生锈的钢板挤在医院的过道上
手里捏着新的派遣单
那曾遭受奴役、厌恶，甚至诅咒的生活
此刻变为一种极度渴望
但重新分配的劳务时间，有长有短
指令从来没有相等。三月阳光
从天井洒下，只照在了少数人的身上
那黯淡的部分，如冰凌灼烧
哪怕此刻，派遣单上的名字
也难以让人去思考活着的局部意义

食物勤勉

麦田作为公园里的一块
布景。身着虎皮豹纹在惊蛰出游的人
漂浮其上。他们需要节食
获得身体的称心。又无时不安排
一场场颇具排场的夜宴
反复阐述自己对某些国际性
话题的看法。譬如战争、贫富
饥饿，和死亡
而我在这个春天，最紧要的任务是
让你知道小麦和水稻的区别
它们长在不同季节，赐予大地底色的光
召唤我们一生
都要亲手为丰足的食物勤勉
这是基本的农事
也是成长中最朴素的道理

某个黄昏

她坐在三月的阳台，余晖像蜜糖
涂抹在刚刚削好的大头菜上，厨房里
炖腊排的香气弥漫着整个房间
我从遥远的星球回来
阳光庇佑了这里，照耀永恒的
劳作。我们在光的中间，获得的赞美不多
但没有谁，比妈妈更爱我

阻　隔

一场欢宴后，突然想起你
怎么不在身边。第一次
你责怪我，这么长的时间都不打个电话
喉疾还缠绕你，带着饥饿与绝望
这使我感到无比愧疚
准备丢掉全部事务，回到宅基地上
新建的房子好好陪你
我知道那是最后时日记忆延续的地方
我使用你的血液
和骨骼，承袭了你的怪癖、性情
甚至疾病，等着和你相见
我们年龄变得接近，苦痛与惊喜
同时涌向梦中。我突然惊醒，咳个不停
喉疾再一次阻隔了我
可是你已从十九年前的黑夜出发
向我匆匆赶来

月下清辉

月亮旧了，像个老朋友。清辉落在
灌木丛和我们身上，我获得了
它的安慰。我需要这安慰
它陪我和妈妈走过了一小段寂静的路程
这一年，是一截被吞噬的光束
恒星从燃烧慢慢走向碎裂，坍缩
走向苦痛和衰老
像我从一座地铁到另一座地铁
从一家医院到另一家医院
从一个冰冷的行星到另一个黑暗的行星
它们悬置在头顶，我还无力掀开它

业余小说家，给吴洋忠

那笼中兽在《莎士比亚喜剧集》中

昏昏欲睡——这个新世纪的业余小说家

他只是被公司派去

取一份蜀国时期遗落的月光契约

雨夜的黑衣人从半路拦截了他

被囚禁在气球里的一座微型宾馆

投喂给他的苹果、梨子、草莓分别变成了

老虎、马匹和红色的飞机

他起初依靠手机保持警醒和体能

到了第七天，他的舌头在视频对话中

败下阵来，肿大，结巴

眼看契约要失效，眼看阳光照在

对面年轻夫妻的阳台上

我知道这个善于在流水上贩梦的家伙

一旦醒来，就会潜入

别人的梦中，哪怕是白昼

也会盗取它，置换它，甚至摧毁它

晚樱与鹪鹩

晚樱在书院过早开放，今春似乎
羞怒于什么，但我并不能说出

游客照旧跃上枝头，折下开得
最盛的一朵。花开花谢在时间里依然
无法阻止人类周而复始的侵略

与杀戮。我为自我无力
深感麻木。下一个春天成片的樱花
将从废墟绽开，遇难者和

幸存者"巢于深林，不过一枝"
命运共同无端心灰处，生死之艰处

抑郁山水图

裸露的双肩从我座位的角度看上去
显得更加陡峭，一幅水瘦山寒图
她去取一杯白水，背朝我
盆栽中的凤尾竹靠在她臀部随之
轻微收缩。阳光从咖啡馆的高窗斜照进来
正好落在沉默了一下午
黑色的蕾丝裙摆上
我担心她从成群的琥珀中突然消失

幼年的日常

他每天都独自沉迷于创造
自己的宇宙。在墙壁、地板和床单上
一切可用的球形，或不规则之物
皆为他唤醒
常常把自己置身于那炙热、极寒
黑暗和坍缩的瞬间
为每一颗古老星球在夜晚发出孤寂的声音
略带伤感。我不知道他向宇宙
链接了什么，回应了什么
这是伴随他幼年的日常时刻
对于我来说，一生没有经历太多
思考也甚少

水井坊夜饮

岷山之雪在我心中彻夜燃烧
那是一次次王者般的豪饮干云

枕着目盲之月色，之美色
弃了蜀山和岷江

只想和你举杯共饮
在六百年前的酒垆酣酣睡去

连同琥珀色的孤独和身外功名
任谁呼我长醉不愿醒

我迷恋这繁花人间
迷恋美酒激荡陪我癫狂的中年

沉默如巨物

黑石碑内的歌剧刚刚结束

空洞，沉默，而光洁。这来历不明的

飘浮物，羽翼巨大

如太空遗落的黑色棋子

几个信徒的一场秘密会议即将召开

她穿过沙暴中巨人的脚踝

爱上了一个完美的，几何状的中年男人

他们是消逝已久的

寂静王国里，令人颤栗的神明

忽忆故人

一杯盖碗茶的浮沉在桂花树下
显得格外荒谬。写下"见山"牌匾的人
已获得了另一种虚空里的生命
相信你并不愿重返
这个世界。在你走过的地方
苦役开满了知耻的花
四月暗淡无光，你却有迹可循

三岔湖漫游图

坐在孤云之上，船舶透明，人形也
透明。湖中绝句渐涌

功名如浪。岛上遇见一书生，来自百年后
与他谈起这场倒春寒里的相对论
是时间，借用了我们，主宰了我们

不远处，汉代三鱼同首
清代石狮萌宠，新建机场旁的驱鸟声爆不断
模仿着猛禽的尖啸，和噪音

一个时代的宏大叙事已经展开
巨物极速生长，时间此刻失去了作用

借光的人

烈日炙烤的正午，披着火焰的人
和体内装满坚冰的人
在空中擦肩而过。一个刚从医院出来
一个去往抱薪的路上。天国的门
朝着他们，门内与人间稍微不同的是
多了一只永不关闭的水龙头
那里好像没有黑夜，不再需要
借光度日，也不必偿还那些光的债务
他们感谢命运恩赐
比预想过早一些，得到了一张完整的
永远中年的脸

两语，大暑

湿热交蒸的这一天，我决定放下真理
长夏永无尽日。照顾话头，任滚烫浑身去

瘦硬通神

酷暑难耐，临褚遂良《雁塔圣教序》
至黎明。一场狂风骤雨摇晃着书架上的佛陀
窈窕合度间，瘦硬通神
回到卧室，近年来少有的一次
我一觉睡到了下午，如在山谷深藏了大雾

贩梦的人

这是我们很多次交易了。我显然比
第一次更加紧张，和期待
他始终戴着严实的口罩和宽边帽
怎么也看不清他的脸。这也许
不那么重要。我是极少数
享有特权，并能如期买到梦的幸运者
意味着我的戴罪之身
又一次在梦中获得了加冕，与自由
可以在有限的时间里为所欲为
不计后果。如果我付费再高一些
贩梦的人甚至可以修改我的梦，或者
让我买到指定人的梦
让我成为一个真正的梦想家
和他一起为沉睡的人
造梦。我乐意穷其一生致力于这项伟大
而隐匿的事业。并时刻记住
不要对白昼里劳苦的人们走漏半点风声

人间仿效

幼猫睡在门口，它抢先
跃进屋内。陌生的我们得以相见
花蒂在枝头坠落，这是
神的旨意。让猫渡过那片由光盛满的湖水
让幽闭水下的主人永远在黑暗处
谢罪。惩戒蔓延至梦中，从岩层中
无数次惊醒。一遍遍确认
暗处的眼，那明亮，还未睁开的眼
秋夜之雨令人不安，青年的糊涂账也一并
袭来。山川包裹了我
万物衰老亦如初生
走在乱石中，替他仿效了一处人间

吹口哨的人

扩音器连接光粒

吹口哨的人，来自洁白云层

哨音常年萦绕在楼谷

我习惯了这种日常

直到一个昏沉的傍晚

声音由远而至

在街对面缓缓移动

十余年来，我才第一次见到他

骑着三轮车，独臂老人

矮小，臃肿，吹着口哨面朝

天空垂下的枯枝

他揭示了我

多年来两个孤独的制造者

中秋，笼中鸟

笼中鸟开始哀号、怒吼，像燃爆的炸药
回应了落在窗沿上的月光

这光白白照在人间，从不辜负万家团圆的
这一天，天涯此时，隔空取暖

壬寅年某月

第三日，炖猪蹄下威士忌
闭门，修炼厨艺
墨在破碎处，日日昏睡
第五日，读卡夫卡的《判决》
请原谅那以父之名判决的孩子
在我的重读中，又一次
被投河淹死，小区的喇叭声
盖过了他急促的落水声
第十五日，居家，照例下楼
下午读《马克瓦尔多》
那个居半地下室
吃冷菜时悲伤的城市小工
陪我度过了坐立不安的一天

泅　渡

在疼痛中泅渡秋天的人，会愈加
拒绝"心如枯灯"——这有违生命的幽词
它往往牵制独裁的身体
那反复，持续的钝痛，释放出
腹中的千军万马，它产生的耐力
抗击我，撕裂我
好了，就是这场司空见惯的突发疾病
让我回到动物性的肉身，至于体面
和尊严，像窗户里的灯
即使关上了，也显得那么平常

空转在身体

白昼不因麻醉剂而同我
昏沉睡去。醒来时，夜晚早已安眠
只有无数光粒在黑暗凝视
随之进入血液。一个无声的宇宙空转在身体
无数逝者生者此刻汇聚
他们毫不相干，却又牢牢主宰。忽忆半生
徒劳，爱过恨过瞬间沉浮
我经受的这些苦痛算得了什么
心电图监护仪上幽绿的光点在寂静处闪烁

疼痛楼

地铁穿腹而过，震颤经久不息
灰鸟低徊在浣花溪
西岭挂在眼前，蒙蒙秋雨
将要落下。他们常年居住在疼痛楼
一个人像无数人，无数人承受着一个人
从人民医院十七楼望去，疼痛
疆域无垠，疼痛只有黑白
有人去了天上，骑着白马云中饮水
有的人回到地土
在樊篱中保持着挣扎的体面

生如松针

蜷缩在松果的峰塔中
松涛如胞衣

柔软的木梯从云端撤离
微风般的意志不再接收大海讯息

星星在夜空缓缓升起
神无处不在，苦亦获得了平静

曾经拥有，失去又找回
一只幼兽的属地

我生如松针，独坐空山
不过是为了自己占领自己

穷山水

诗人刨活路，无非是在尘土中
抽出游丝般的光
无非是在突然爆发的山洪里采集蝶语
裂隙里的微声与人群中的沉默
一样幻灭。仿佛出游的
谢灵运，美髯如川，生性豪奢
数百僮奴从游而
内心暗寂。时不时来我夜里枯灯对坐
他出身显赫，沉浮政事终究
不如眼前荒废的穷山水令人心安
我怀抱这山水
抵御着昏沉沉的人世

万象城记

逸乐于沉默巨物迸发出的潮汐
在我头顶上空激荡

记得那些东市没日没夜痛饮的酒
有你一人在场，胜过迎晖千门

繁花令人不知倦怠
恍若我，幽会在古人山川

不久我也会寄居其侧，不过是
一次次奔赴万象又将大荒深埋其胸

我渴望流经心中的春水
和烟消云散的面孔，在诗中永恒

天注定

积雪残留在土凹里
阳光照在山顶，它们沉入眼帘
像那云翳、寂静之物
回光返照的一瞬，一些人
扛不住天注定的命
这是岁末之日
云中的新年献辞正在天空发布
我只想奔赴完这一年最后一场风雪
接应大地上一路的魂灵回家